Ziegenkitz Milly

Maria Anna Leenen

Illustrationen von Irmgard Kettmann, Anna Matern-Bandt und A.D.F

Lektorat von Karl Ernst Horbol

Titelgrafik von Tibor Horvath

Printed in Germany

Die Deutsche Nationalbibliothek verzeichnet diese Publikation in der deutschen Natio-nalbibliografie; detaillierte bibliografische Daten sind im Internet über http://dnb.ddb.de abrufbar.

ISBN 978-3-945976-12-8

www.abentheuerverlag.de

Maria Anna Leenen

Ziegenkitz Milly

Ein aufregender Tag

ABENTHEUER VERLAG

Für Emil

Milly gähnt. Dann streckt sie den Kopf nach oben und blinzelt. Oh, es ist schon hell. Durch das Stallfenster strahlt eine warme Sonne Milly direkt ins Gesicht. Milly gähnt noch einmal. Dann schubbert sie mit ihrem kleinen schwarzen Maul an einer Stelle am Bauch. Das Stroh piekt hier manchmal ganz gemein. Von draußen hört sie Kiko, den Hahn. Er kräht und krakeelt von seinem Lieblingsplatz aus, dem dicken Zaunpfahl am Tor des Hühnerstalls. Wenn Kiko kräht, werden alle wach. So laut ist er.

Milly steht auf. Das sieht lustig aus. Zuerst streckt sie ihr Hinterteil in die Höhe und stellt beide Hinterbeine nebeneinander auf. Dann folgen der Kopf, die Schultern und die beiden Vorderbeine. Milly macht sich ganz lang. Sie schüttelt die Strohhalme ab und gähnt ein letztes Mal.
Die Stalltür steht offen und Milly kann hören, dass auch die anderen Tiere langsam wach werden. Milly gehört zu einer großen Herde von Zwergziegen. In diesem Frühjahr sind viele junge Tiere dabei. Die Herde ist auf zwei Ställe verteilt. Im großen Stall sind alle, die keinen Nachwuchs bekommen haben. In dem Stall, in dem Milly ist, sind die Muttertiere mit ihren Kleinen untergebracht.

Jetzt steckt Mama Frieke ihren Kopf durch die Stalltür. „Guten Morgen, Milly", sagt sie, „komm, Milch trinken." Frieke ist eine schöne Zwergziege. Sie hat ein helles, braunes Fell. Es ist sehr dicht und fein und glänzt in der Sonne. Ein breiter schwarzer Streifen zieht sich vom Kopf über den ganzen Rücken bis zum Schwanz. Auch über den Schultern ist sie mit einem schwarzen Strich gezeichnet. Beide Striche treffen sich genau zwischen den Schultern und bilden so ein Kreuz. Die Beine von Frieke sind zur Hälfte schwarz. Es sieht aus, als hätte sie Kniestrümpfe an.

Milly sieht fast genauso aus wie ihre Mutter. Nur hat sie einen weißen Fleck auf der Stirn und einen unter dem Kinn. Das sieht lustig aus! Und beide Hinterbeine haben kleine, weiße Stellen.

Jetzt darf Milly bei Frieke trinken. Sie sucht mit ihrem Maul die Zitzen des Euters und dann hört man nur noch ein leises Schmatzen. Hm - süße, fette Ziegenmilch! Die ist vielleicht lecker!

Plötzlich ertönt draußen ein lautes Bellen. Bis in die letzte Ecke des Stalles ist es zu hören. Das ist Caro, der Hütehund. Zusammen mit der Ziegenhirtin Sella passt er auf, dass keine Ziegen verloren gehen und alle ordentlich bei der Herde bleiben. Besonders heute muss er sehr wachsam sein. Heute dürfen endlich alle Jungtiere mit auf die Wanderung gehen. Milly ist schon sehr aufgeregt. Endlich wird sie wie die erwachsenen Zwergziegen mit allen zusammen den Tag draußen verbringen dürfen.

Prustend und ächzend schiebt sich auf einmal ein großer Heuballen durch die Stalltür. Alle Ziegen springen zur hintersten Wand, als er mitten im Stall landet.

„Puh!" Sella wischt sich einmal kurz über die Stirn. „Hier meine Lieben! Ein kräftiges Frühstück für euch." Sie zieht das Heu auseinander und füllt es in die Raufen. Sofort duftet der ganze Stall danach.

Heu ist getrocknetes Gras. Es riecht würzig und Ziegen fressen es sehr gern. Für eine Weile hört man nichts mehr außer dem Rupfen und Kauen der Ziegen.

In einer Reihe mit Milly stehen Fleckchen und Maxe. Sie sind Millys Freunde und genauso groß wie Milly. Fleckchen heisst so, weil sie auf ihrem schwarzen Fell einen großen weißen Fleck hat. Maxe ist ein Zwergziegenböckchen. Er hat auch ein schwarzes Fell.

An einer Seite läuft ein schmaler weißer Streifen über seinen Bauch entlang. Maxe ist sehr frech und hat immer nur Streiche im Sinn.

Als alle Tiere satt sind, warten sie auf Sella. Maxe steht neben Milly. Plötzlich dreht er sich blitzschnell um und zwickt sie ins Ohr. „Au!" Ärgerlich boxt ihn Milly in die Seite. „Lass das!" Aber Maxe beißt sie stattdessen kräftig in den Hals. „Pass bloß auf!", ruft Milly und gibt ihm einen derben Stoß mit beiden Hörnern. Sofort sind sie mitten in einer Rauferei. Mit den Hörnern pieken sie sich gegenseitig. Und mit den Köpfen knallen sie laut aneinander. Wie gut, dass bei allen Ziegen die Knochenplatte in der Stirn ganz, ganz dick und hart ist. Wenn die Tiere mit den Köpfen zusammenprallen, hört sich das schlimm an. Aber es passiert nichts dabei.

Sella steht in der Tür und klatscht laut in die Hände. „Aufgepasst! Es geht los! Passt auf die Kleinen auf, dass auch wirklich alle zusammenbleiben!"

Die Muttertiere drängen sich ruhig durch die Stalltüren. Vorneweg läuft die Leitziege. Sie führt die Herde an. Jeder Stall hat immer mindestens zwei Türen. So gibt es weniger Rangeleien, wenn viele Ziegen auf einmal hinaus wollen.

Maxe versucht Milly den Weg zur Stalltür auf der rechten Seite zu versperren. „Hier kommst du nicht durch!", ruft er und stellt sich breit davor auf. „Pöh, Blödmann!", meckert Milly nur spöttisch und flitzt hinter Mama Frieke durch die andere Stalltür davon. Ätsch!

Draußen auf dem Hof warten die anderen Tiere. Milly staunt.

So viele Ziegen! „Immer schön bei mir bleiben, hörst du?",
mahnt Mama Frieke. Aber Milly hört nichts, so aufregend ist
es, die große Herde zu beobachten. Auf einmal pfeift Sella
laut. Das ist das Signal. Caro bellt und rennt rund um die
Ziegen herum. Und dann beginnen alle Tiere hinter Sella her-
zulaufen. Die Ziegenhirtin verlässt den Hof durch ein breites
Tor und biegt in einen Waldweg hinein. Die ganze große Herde läuft und trippelt und springt hinter Sella her und Milly ist
mittendrin. Ihr Herz klopft kräftig und sie ist sehr gespannt.
„Was ich heute wohl alles erleben werde?", denkt sie und versucht über den Kopf von Mama Frieke nach vorne zu schau-
en.
Von oben fällt das Sonnenlicht durch die Bäume wie durch

einen grünen Lampenschirm. Im Wald ist es still und es riecht köstlich nach Tannenzweigen und frischer Erde. Milly schnuppert und schaut. Sie kann gar nicht so viel schnuppern und schauen, wie sie Neues und Schönes entdeckt. Der Wald kommt ihr vor wie ein wunderbares und geheimnisvolles Abenteuer. Auf dem Boden des Waldweges liegt eine dikke Schicht aus Blättern und Tannennadeln. Sie ist so dick, sie dämpft sogar das Getrappel der großen Herde. Die Hufe der Tiere sind kaum zu hören. Nur manchmal schnaufen ein paar Ziegen, wenn der Weg über eine Anhöhe führt. Da, was ist das? Ein komisches kleines Ding flattert Milly direkt vor der Nase herum. Es sieht hell aus wie ein Sonnenstrahl und tanzt über die Köpfe der Ziegen hinweg. „Wie hübsch das ist", denkt Milly. Das Ding flattert zur Seite und neugierig geht Milly hinterher. Hoch und runter, hin und her flattert das kleine Ding und Milly drängt sich durch die Herde, um ihm zu folgen. „Bleib hier!", ruft Milly ihm hinterher. „Ich will wissen, wer du bist!" Aber da fliegt das Ding hoch und höher und, husch, verschwindet es zwischen den Baumstämmen. „Schade", denkt Milly und dreht sich um. O je, die Herde ist fast schon hinter der nächsten Wegbiegung verschwunden. Schnell rennt Milly hinterher. „Uff, das war knapp!", schnauft sie. Und wo ist jetzt Mama Frieke? Sie muss ganz vorn bei der Herde sein, denn Milly kann sie nicht sehen. Sie reckt ihren Kopf, soweit sie kann, aber die anderen Tiere versperren ihr die Sicht. Milly ruft, aber Mama Frieke antwortet nicht. Noch einmal ruft sie ängstlich und noch einmal, aber von Frieke ist nichts zu hören.

„Was mache ich denn nun?", denkt Milly. Traurig senkt sie den Kopf und stolpert den letzten Zwergziegen hinterher. Plötzlich prallt sie gegen einen großen, weichen Bauch. Erschrocken hebt sie den Kopf und blickt in das Gesicht eines Ziegenbocks. Pechschwarz ist er und seine Augen funkeln wie tiefdunkle Edelsteine. Zwei mächtige Hörner schwingen sich von seiner Stirn nach oben. Die sind dicker und breiter als Millys Beine. Milly hält die Luft an. „Au weia", denkt sie, „das gibt Ärger!" Langsam senkt der große Bock sein Maul und schnuppert Milly ab. „Entschuldigung", flüstert Milly ängstlich, „tut mir echt Leid. Ich hätte besser aufpassen sollen." Der Bock hebt seinen Kopf und schaut Milly an. „Du bist Milly, stimmt's?", fragt er. Überrascht sagt Milly „Ja, und… und… und wer bist du?" „Ich bin Schwarzer, dein Vater." Der Bock stupst Milly einmal kurz in die Seite. „Komm, ich bringe dich zu Frieke."

Überrascht trippelt Milly neben dem großen Bock den Waldweg entlang. „Das ist mein Vater?" denkt sie. „Das ist der Bock, von dem Mama so viel erzählt hat?" Sie kann gar nicht richtig nachdenken, so verblüfft ist sie.

Dann steht plötzlich Mama Frieke neben Milly. Sie schimpft und treibt Milly energisch an. „Du bleibst jetzt neben mir, verstanden!" Aber Milly schaut nur hinter Schwarzer her. Der stolze Ziegenbock verschwindet in der Herde und Milly hätte ihn doch so gern noch vieles gefragt.

Nach ein paar Minuten öffnet sich der Wald. „Oh, was ist das?", fragt Milly erstaunt. Sie schaut auf einen großen Platz, auf dem viele hohe Pflanzen, Sträucher und ein paar kleine Bäume wachsen.

„Das ist unsere Arbeit heute", sagt Mama Frieke. „Hier bleiben wir den ganzen Tag." Milly schaut verdutzt umher. Alle Tiere haben sich verteilt und fangen an zu fressen. Sie fragt: „Unsere Arbeit? Was müssen wir denn hier arbeiten?" Mama Frieke lächelt. „Schau dich um, Milly", sagt sie. „Das war früher eine weite, freie Fläche. Hier wuchsen wichtige Kräuter und Gräser. Was siehst du heute?" Milly schaut in die Runde. „Es ist alles ganz dicht bewachsen", sagt sie. „Hier sind Sträucher und sogar Bäume." Frieke nickt. „Genau! Die Fläche wächst zu. Bäume und Sträucher verdrängen die Kräuter und Gräser. Unsere Arbeit ist, alles abzufressen, was sich hier auszubreiten droht. Also los", sie stupst Milly in die Seite, „fangen wir an!"

Vorsichtig schnüffelt Milly an einer Pflanze, die direkt neben ihr aufragt. Sie ist sehr hoch, viel höher, als Milly groß ist. Millys Nase nähert sich einem Blatt. Es ist grün und riecht gut. Neugierig schiebt Milly ihre Nase noch näher und noch näher und „Aua!!" Milly prustet und schnaubt empört und springt einen Meter weit von der Pflanze weg. Sie niest und reibt ihre Nase an einem Vorderbein. So ein blödes Blatt! Es beisst und brennt auf der Nase, als wäre das Blatt aus Feuer. Hinter ihr meckert es plötzlich laut. Maxe und Fleckchen springen und hüpfen um sie herum. „Haha, du hast eine Brennnessel probiert. Die beisst zurück, wenn du sie fressen willst", spottet Maxe. Fleckchen stellt sich neben Milly und sagt: „Schau mal, meine Mama hat mir gezeigt, wie man die Blätter fressen kann." Und ganz vorsichtig nimmt sie ein Blatt von der Seite ins Maul und kaut sofort kräftig darauf herum. „Siehst du? Brennnesseln sind lecker und sie sind sehr gesund, sagt meine Mama."

Nun probiert Milly es noch einmal. Sie nimmt ein Blatt von der Seite ins Maul, kaut darauf herum und „Hm, das ist wirklich lecker!", sagt sie. „Danke für den Tipp!" Gemütlich frisst sich Milly weiter durch die dichten Brennnesseln. Dass es so viele leckere Pflanzen im Wald gibt, das hatte sie nicht gewusst. Da schiesst plötzlich etwas direkt vor ihr hoch. Ein Kopf mit langen Ohren und großen Augen starrt sie erschrocken an. Dann springt das Tier in wildem Zickzack durch das Gras davon. Milly ist heftig zusammengezuckt. „Was war das denn?", denkt sie. „Kaninchen", murmelt eine ältere Ziege, die etwas weiter weg junge Birken abbeißt. „Kaninchen,

die sind völlig ungefährlich, die sind nur sehr schreckhaft."
Milly atmet erleichtert auf. „Ah ja, Kaninchen, äh, danke!"
stottert sie und denkt: „Puh, was es im Wald so alles für
Tiere gibt."
Maxe ist inzwischen ein Stück weiter gelaufen. Er ruft:
„Kommt her, hier sind Brombeeren. Die pieken auch,
schmecken aber toll!" Alle drei machen sich nun über einen
großen Brombeerwall her und blitzschnell sind die Blätter
in ihren Bäuchen verschwunden. Sogar die grünen Ranken
mit allen Dornen fressen die drei Freunde. Milly kaut mit
Begeisterung. „Wie gut, dass wir eine dicke Zunge und eine
Hornplatte in unserem Maul haben. Da machen uns diese
piekenden Brombeerdornen gar nichts aus."

Auch etwas Rinde vom Holunderbusch und von einem Haselstrauch probieren sie. Milly mag besonders die Haselnussrinde. „Wow, lecker, die ist ja total lecker", denkt sie. „Die könnte ich jeden Tag knabbern!" Nun aber ist es Zeit Pause zu machen und alles in Ruhe noch einmal durchzukauen. Ziegen kauen alle Nahrung zweimal durch. Das erste Mal werden Gras, Blätter, Rinde oder das Heu nur kurz zerkleinert und heruntergeschluckt. Wenn sie Pause machen, holen sie alles wieder Portion für Portion ins Maul zurück und kauen es gründlich ein zweites Mal durch. Das nennt man Wiederkäuen. Es hilft den Ziegen, die Nahrung sehr gut auszunutzen.

Milly liegt zusammen mit Fleckchen in der Sonne und döst. Alle Tiere sind eingeschlafen und auf der Lichtung ist es völlig still. Nur Maxe ist schon wieder munter. Er hat einen dikken Baumstamm entdeckt, der umgestürzt am Rand der Lichtung liegt. „Das ist doch ein toller Kletterbaum", denkt Maxe. Er rennt zu Milly und Fleckchen und stupst sie an. „Kommt mit! Ich habe etwas entdeckt!", flüstert er. Aber Fleckchen gähnt. „Lass mich in Ruhe, ich will noch schlafen", murmelt sie. Milly ist neugierig. „Was ist es denn?", fragt sie. Maxe läuft quer über den Platz und Milly rennt hinterher. Da liegt er, der riesengroße Baum. Seine Krone ist wie ein Labyrinth aus Ästen und Zweigen. Maxe springt auf den dicken Stamm und tanzt darauf herum. „Komm hoch, Milly", ruft er, „das macht richtig viel Spaß!" Milly springt ihm nach und landet neben Maxe auf dem Baumstamm. Ihre Klauen sind hart und finden schnell festen Halt auf der Rinde. Maxe klettert geschickt weiter. Mutwillig stößt er ab und zu gegen Zweige oder stellt sich auf die Hinterbeine. Er hüpft von einem Ast auf den anderen, und Milly klettert immer weiter hinterher. Beide tanzen und toben auf dem Baum herum wie eine Horde Affen. Jetzt fängt Maxe an, Milly zu jagen. Er rennt auf sie zu und ruft: „Ha, wenn ich dich kriege, dann boxe ich dich in den Bauch!" Milly meckert spöttisch: „Du kriegst mich nie, du bist viel zu langsam!" Beide rennen den Stamm entlang und Milly flitzt einen der starken Äste hoch. Sie springt weit hinüber auf den nächsten Ast und schlittert und rutscht mit Schwung wieder hinunter. Maxe versucht sie einzuholen, aber Milly ist viel zu schnell. „Pah, bist du ein lahmer Ziegenbock", spottet sie. Erneut rennt sie den dicken Ast hoch, springt wieder auf den anderen Ast zu, aber da ... sie springt zu kurz und fällt krachend und splitternd durch das Gewirr der Äste nach unten. Mit einem lauten Schrei landet sie mitten in einem Reisighaufen.

Maxe ruft: „Milly, Milly, hast du dir weh getan!?" Milly versucht aufzustehen, aber irgendwie bekommt sie ein Hinterbein nicht los. „Ich hänge fest", ruft sie „und mir tut alles weh!" Maxe klettert vorsichtig zu ihr herunter und schnüffelt an den Zweigen. „Wir brauchen Hilfe", sagt er. „Ich hole unsere Mütter." Maxe springt über die Zweige am Boden und verschwindet im Unterholz. Milly legt ihren Kopf erschöpft zurück. Ihr Bein tut weh, irgendetwas liegt schwer darauf. Sie kann es überhaupt nicht mehr bewegen. Da hört sie einen Vogelschrei. Es ist ein Eichelhäher. Er warnt die Tiere im Wald, wenn Gefahr droht. Laut tönt sein Alarm über die Lichtung. Milly erschrickt. Was bedeutet das? Dann hält sie die Luft an und spürt, wie ihr Herz anfängt rasend zu klopfen. Genau über ihr schieben sich die Köpfe zweier Hunde über den Baumstamm. Ihre Augen glühen und sie knurren gefährlich. „Zwei Hunde!", denkt Milly. „Zwei wilde Hunde!" Voller Angst starrt sie zu den Köpfen hoch. Die haben angefangen zu bellen und sie versuchen zu Milly herunterzuklettern. Sie jaulen und knurren, heulen und geifern und Milly weiß: Wenn die Hunde es schaffen zu ihr zu kommen, werden sie angreifen. Sie fängt an zu meckern und zu schreien: „Hilfe, Mama Frieke, wilde Hunde! Hilfe!" Milly hört Caro bellen, aber er und Sella sind viel zu weit weg. Da taucht hinter den beiden Hunden ein Ziegenbock auf. Er ist groß und dunkel mit mächtigen Hörnern und funkelnden Augen. Schwarzer hat den Hilferuf Millys gehört und er greift die Hunde blitzschnell an. Er stürmt den Baumstamm entlang und sein harter Kopf trifft den ersten Hund kräftig in die Seite. Mit einem lauten Heulen rollt der Hund über den dicken Stamm und fällt hinunter. Der andere Hund hat sich umgedreht. Er legt die Ohren flach an den Kopf, knurrt und droht und fletscht seine Zähne. Sie sehen furchtbar gefährlich aus. Milly zittert. „Schwarzer, pass auf!", flüstert sie.

Doch Schwarzer hat keine Angst. Mutig senkt er seinen Kopf und stürmt auf den anderen Hund zu. Mit voller Wucht trifft er ihn an der Schulter. Der Hund taumelt und rutscht und fast wäre auch er vom Stamm gefallen. Aber er kann sich wieder fangen. Nun greift er an. Laut knurrend schleicht er auf Schwarzer zu und schnappt nach seiner Kehle. Immer wieder versucht er seine Zähne in den Körper des Ziegenbocks zu schlagen. Dabei knurrt und bellt er schrecklich laut und sein Gebiss sieht aus wie eine Reihe scharfer Messer. Doch Schwarzer hat mächtige Hörner. Er senkt blitzschnell den Kopf und die Zähne des Hundes prallen krachend davon ab. Schwarzer beobachtet den Hund genau. Seine Augen funkeln wütend und da, plötzlich sieht er eine Chance. Der Hund rutscht kurz mit einer Pfote auf der Baumrinde aus. Das ist die Gelegenheit. Mutig stürzt Schwarzer vor, rammt den Hund mit aller Kraft und in hohem Bogen fliegt der Angreifer zum anderen Hund nach unten. Beide Hunde liegen für einen Moment benommen übereinander im Gewirr der Zweige auf dem Boden. Dann rappeln sie sich auf. Einen ängstlichen Blick werfen sie noch zurück auf Schwarzer. Aber dann schleichen sie davon. Nach wenigen Augenblicken sind sie von der Lichtung verschwunden. Schwarzer springt zu Milly hinunter. Mit seinen Hörnern fasst er unter den dicken Ast, der über ihrem Bein liegt. Langsam drückt er ihn hoch und Milly zieht mühsam ihr Bein darunter hervor. „Versuche es zu bewegen", sagt Schwarzer. Milly jammert: „Es tut weh!" Aber sie versucht es vorsichtig und es geht. Sie kann das Bein bewegen. Mama Frieke kommt zusammen mit Maxe angelaufen. Sie ist sehr erschrocken. Vorsichtig schnuppert sie Milly ab. „Wenn man auf dich aber auch nicht ständig aufpasst!", sagt sie erleichtert. Sie reibt ihren Kopf an Millys Kopf. „Ich bin so froh, dass nichts Schlimmeres passiert ist!" Dann wendet sie sich Schwarzer zu. „Ich danke dir sehr! Ohne deinen Mut wäre es böse ausgegangen für unsere Kleine." Schwarzer hebt den Kopf. Er schüttelt die Hörner und stößt einen lauten Trompetenschrei aus. „Ja, ich habe sie beschützt und die Hunde besiegt! Das war selbstverständlich! Wir halten doch zusammen!" Jetzt haben es auch Sella und Caro durch das dichte Unterholz geschafft. Caro bellt und schnüffelt aufgeregt den Spuren der wildernden Hunde nach. Sella kniet sich neben Milly hin und tastet sorgfältig ihr Bein ab. „Glück gehabt", sagt sie erleichtert und krault Milly den Kopf. „Dann machen wir für heute Schluss und wandern nach Hause." Sie steht auf und gibt ein lautes Pfeifsignal. Alle Tiere kommen langsam wieder auf dem Waldweg zusammen. Ruhig gehen sie hinter der Leitziege her, die neben Sella an der Spitze läuft. Milly humpelt ein bisschen. Aber sie ist sehr froh, dass Schwarzer die Hunde so mutig verjagt hat. Ganz eng trippelt sie neben ihm auf dem Weg nach Hause. „Danke, dass du für mich ge-kämpft hast!", sagt sie leise und reibt ihren Kopf an seiner Flanke.

Am Abend liegen alle Zwergziegen aneinander gekuschelt im Stroh. In beiden Ställen wird das Abenteuer des Tages erzählt. Alle bewundern Schwarzer für seinen Mut. Auch Milly und Maxe erzählen es Fleckchen. Nicht nur einmal, immer wieder müssen sie es erzählen: Wie sie erst zusammen auf dem Baum herumgetobt haben. Wie Milly abgestürzt ist und ihr Bein nicht mehr bewegen konnte. Wie plötzlich die wildernden Hunde aufgetaucht sind. An dieser Stelle der Geschichte zeigt Maxe Fleckchen genau, wie Schwarzer gekämpft hat. Es macht nichts, dass Maxe eigentlich gar nicht dabei gewesen ist. So wie er wütend mit den Augen funkelt, die Hörner senkt und einen Strohballen rammt, kann sich Fleckchen den Kampf genau vorstellen.

Doch nach und nach werden die drei Freunde müde. Milly denkt noch: „Wie gut, dass wir Zwergziegen zusammenhalten und einander helfen. Auch wenn es so gefährlich wird wie heute." Dann gähnt sie laut und legt ihren Kopf auf die Seite. Schnell ist sie eingeschlafen. Und morgen wird es einen neuen herrlichen, spannenden und fröhlichen Tag im Wald geben; mit Mama Frieke, mit Schwarzer, mit den Freunden Fleckchen und Maxe und mit der ganzen, großen Zwergziegenherde. Wie schön!

ENDE

Das Sternenglöckchen
oder Die Blume des kleinen Prinzen

Auf der ganzen Welt kennt man die Geschichte vom kleinen Prinzen. Aber bis vor kurzem wußte niemand, ob er tatsächlich spurlos im Wüstensand versunken war, nachdem er sich von der Schlange hatte beißen lassen. Manche glaubten, dass er es doch noch irgendwie geschafft haben könnte, auf seinen kleinen Heimatplaneten und zu seiner geliebten Blume zurückzukehren. Das Mädchen Elisa wollte dies unbedingt herausfinden und machte sich auf die abenteuerliche Suche nach ihm, bis weit in den geheimnisvoll glitzernden Sternenhimmel hinein...

Ein Buch für Kinder und für Erwachsene, die noch nicht vergessen haben, das sie selbst einmal Kinder waren.

Erschienen als gedruckte Ausgabe und als eBook

www.abentheuerverlag.de

Facebook: *Das Sternenglöckchen oder die Blume des kleinen Prinzen*